U0153277

日語單字速讀 食

日語編輯小組　主編

附贈MP3

書泉出版社　印行

食 日語單字速讀

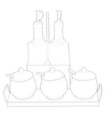

FOOD

日語單字速讀

各式料理

FOOD

各式料理

❶中式料理

中餐、中式料理	ちゅうかりょうり 中華料理 4
上海菜	しゃんはいりょうり 上海料理 5
四川菜	しせんりょうり 四川料理 4
北京菜	ぺきんりょうり 北京料理 4
廣東菜	かんとんりょうり 広東料理 5
麵類	めんるい 麺類 1
牛肉麵	ぎゅうにくめん 4、 ニュウロウメン 3
拉麵	ラーメン 1
炸醬麵	ジャージャー麺 3 めん
乾麵	かんめん 乾麺 1 0

各式料理

排骨麵	パイクウメン③、 ぱいこう 排骨ラーメン⑤
雲呑麵、 餛飩麵	めん ワンタン麵③
擔擔麵	たんたんめん 担々麵③
蚵仔麵線	い　　ごくぼそめん カキ入り極細麵⑧
麵粉製品	こ むぎ こ せいひん 小麦粉製品⑤
水餃	ゆ　ギョーザ 茹で餃子③
湯餃	ギョーザ スープ餃子④
煎餃	や　ギョーザ 焼き餃子③
蒸餃	む　ギョーザ 蒸し餃子⓪
蝦餃	シャアジャオ⓪、 エビギョウザ③

各式料理

鍋貼	グオティエ [0]
燒賣	しゅうまい 焼売 [0]
餛飩	ワンタン [3]
小籠包	しょうろんぽう [3]
肉包	にく 肉まん [0]
蔥油餅	ツォンユーピン [3]
燒餅	シャオピン [0]
肉末燒餅	ローモーシャオピン [5]
油條	ヨウティヤオ 油条 [0]
米飯類	こめりょうり 米料理 [3]
油飯	ヨウファン [1]
炒飯	チャーハン [1]

各式料理

海南雞飯	ハイナンチーファン[5]
海鮮炒飯	かいせん 海鮮チャーハン[5]
排骨飯	パイクゥファン[3]
煲仔飯	どなべめし 土鍋飯[0]
滷肉飯	ルーローファン[3]
鹹魚炒飯	ひもの 干物チャーハン[4]
魚生粥	さしみがゆ 刺身粥[4]
粽子	ちまき[0]
鍋巴菜	こ りょうり お焦げ料理[4]
米粉	ビーフン[3]
粉絲	はるさめ 春雨[0]
腸粉	チョウフン[1]

各式料理

肉類	にくるい 肉類 [2]
油淋雞	ユーリンチー [3]
宮保雞丁	ゴンバオジーディン [0]
棒棒雞	バンバンジー [3]
辣子雞	ラーズージー [3]
檸檬雞	にわとり　からあ 鶏 の唐揚げ レモンソース [13]
北京烤鴨	ペキンダック [4]
叉燒	チャーシュー [3]
回鍋肉	ホイコーロー [3]
東坡肉	トンポーロー [3]
咕咾肉	すぶた 酢豚 [1]

各式料理

青椒肉絲	チンジャオロース⑤、チンジャオルースー⑤
豆豉排骨	ばいこう トウチー む 排骨の豆鼓蒸し⓪
涮羊肉	シュアンヤンロウ④
八寶菜	はっぽうさい 八宝菜⓪③、 パーパオツァイ⓪
海鮮	シーフード③
白灼蝦	ゆでえび⓪
乾燒蝦仁	エビチリ⓪
龍井蝦仁	ロンジンちゃいた エビの龍井茶炒め⑨
芙蓉蟹	フーヨーハイ③
清蒸蟹	む がに 蒸し蟹⓪
清蒸石斑魚	む もの ハタの蒸し物

各式料理

湯	しるもの 汁物 [2]、つゆもの 汁物 [2]
貢丸湯	ゴンワンタン [3]
魚丸湯	ユーワンタン [3]
蛤蜊湯	グーリータン [3]
酸辣湯	サンラータン [3]
麻辣火鍋	マーラーひなべ [5]、マァラァフオグオ [3]
佛跳牆	ぶっちょうしょう [0]、フォーティヤオチァン [6]
魚翅羹	ふかひれスープ [5]
豆腐	とうふ [0]
杏仁豆腐	あんにんどうふ [5]、きょうにんどうふ [5]、シンレンドウフ [5]

各式料理

麻婆豆腐	マーボーどうふ [5]
豆漿	とうにゅう 豆乳 [0]
豆花	トウファー [1]
蛋	たまご 卵 [2]
水煮蛋	たまご ゆで卵 [3]
荷包蛋	あ たまご 揚げ卵 [3]
菜脯蛋	ツァイプータン [3]
皮蛋	ピータン [1]
鹹蛋	シエンタン [0]

各式料理

❷日本料理

日本料理、日本菜	にほんりょうり 日本料理④、わしょく 和食⓪
關東料理	かんとうりょうり 関東料理⑤
關西料理	かんさいりょうり 関西料理⑤
正式的日本料理	ほんぜんりょうり 本膳料理⑤
懷石料理	かいせきりょうり 懐石料理⑤
會席料理、宴席菜	かいせきりょうり 会席料理⑤
生魚片	さしみ 刺身⓪
米飯料理	こめりょうり 米料理③
什錦飯	たこはん 炊き込みご飯⑤

各式料理

紅豆飯	せきはん 赤飯 [3][0]
硬飯、 糯米飯	こわいい 強飯 [0][2]、おこわ [0]
菜飯	な めし 菜飯 [1]
茶泡飯	ちゃづ 茶漬け [0]
黃飯	おうはん 黄飯 [0]
櫻花飯	さくらめし 桜飯 [3]
蕎麥炒飯	そばめし [2]
泡飯	おじや 雑炊 [0]
壽司	す し 寿司 [1]
豆皮壽司	いなりずし 稲荷鮨 [3]
握壽司	おにぎり [2]

各式料理

壽司飯	すしめし 鮨飯 [2][0]
散壽司飯	ち　　ずし 散らし鮨 [3]
粥、稀飯	かゆ 粥 [1][0]
蓋飯	どんぶりもの 丼物 [0]
中華蓋飯	ちゅうかどん 中華丼 [0]
牛肉蓋飯	ぎゅうどん 牛丼 [0]
炸蝦蓋飯	てんどん 天丼 [0]
炸豬排蓋飯	どん カツ丼 [0]
深川蓋飯	ふかがわどん 深川丼 [0]
親子蓋飯	おやこどん　　　おやこどんぶり 親子丼 [0]、親子丼 [4]
鰻魚蓋飯	うなどん　　　うなぎどんぶり 鰻丼 [0]、鰻丼 [4]

各式料理

湯	しるもの 汁物[2][0][3]、 つゆもの 汁物[2]
三平湯	さんぺいじる 三平汁[5]
日式清湯	す もの 吸い物[0]
沖繩湯	じる あーさー汁[5]
味噌湯	みそしる 味噌汁[3]
海鮮湯	うしおじる 潮汁[4]
能平湯	じる のっぺい汁[5]
蔬菜湯	じる けんちん汁[5]
豬肉湯	とんじる 豚汁[0][3]、 ぶたじる 豚汁[0]
雜煮	ぞうに 雑煮[0]

各式料理

醃漬的食物	つけもの 漬物 ⓪
奈良醃菜	ならづけ 奈良漬 ⓪
松前醃菜	まつまえづ 松前漬け ⓪
信州醃菜	のざわなづけ 野沢菜漬 ⓪
南蠻醃菜	なんばんづけ 南蛮漬け ⓪
紅生薑片	がり ①
福神醃菜	ふくじんづけ 福神漬 ⓪
廣島醃菜	ひろしまなづけ 広島菜漬 ⓪
醃海膽	しお 塩ウニ ⓪③
醃黃蘿蔔	たくあんづ 沢庵漬け ⓪
醃漬大頭菜切片	せんまいづけ 千枚漬 ⓪

各式料理

醃梅	うめぼし 梅干 [0]
麵類	めんるい 麺類 [1]
蕎麥麵	そば 蕎麦 [1]
小竹籠蕎麥麵	も　そば 盛り蕎麦 [0]
小竹籠蕎麥麵（撒海苔）	ざるそば 笊蕎麦 [0]
天婦羅蕎麥麵	てんぷらそば 天婦羅蕎麦 [5]
豆皮蕎麥麵	きつねそば 狐蕎麦 [4]
花卷蕎麥麵	はなまきそば 花巻蕎麦 [5]
烏龜蕎麥麵	かめそば お亀蕎麦 [4]

各式料理

炸麵衣蕎麥麵	たぬきそば 狸蕎麦 [4]
清蕎麥麵	か　　そ　ば 掛け蕎麦 [0]
野菜蕎麥麵	さんさいそば 山菜蕎麥 [5]
滑子菇蕎麥麵	なめこそば 滑子蕎麥 [4]
烏龍麵	うどん [0]
素麵、麵線	そうめん 素麵 [1]
涼麵	ひやむぎ 冷麦 [3][2]
鴨南蠻麵	かもなんばん 鴨南蛮 [3]
湯鍋料理	なべりょうり 鍋料理 [3]
水煮鍋	みずた 水炊き [0][4]

各式料理

牛肉火鍋、壽喜燒	すきやき 鋤焼 [0]
涮涮鍋	しゃぶしゃぶ [0]
鍋燒烏龍麵	なべや 鍋焼きうどん [5]
關東煮	おでん [2]
煎炸的食物	あ もの 揚げ物 [0]
天婦羅	てんぷら 天麩羅 [0]
味噌豆腐	でんがくどうふ 田楽豆腐 [5]
金平牛蒡	きんぴらごぼう 金平牛蒡 [5]
烤魚	や ざかな 焼き魚 [3]
乾炸（的食品）	から あ 空揚げ [0][4]、 から あ 唐揚げ [0][4]

各式料理

煎荷包蛋	めだまやき 目玉焼 ⓪
照燒雞	とりにく て や 鶏肉の照り焼き ⓪
蒲燒鰻	かばやき ウナギの蒲焼 ⓪
薄切炸豆腐	あぶらあげ 油揚 ③
甜不辣	さつまあ 薩摩揚げ ⓪③
鹽燒	しお や 塩焼き ⓪④
煮的食物	に もの 煮物 ⓪
牛肉煮馬鈴薯	にく 肉じゃが ⓪
甜煮魚	かんろに 甘露煮 ⓪
蒸的食物	む もの 蒸し物 ③②
茶碗蒸	ちゃわんむ 茶碗蒸し ②⓪

各式料理

蛋豆腐	たまごどうふ 玉子豆腐 [4]
湯豆腐	ゆどうふ 湯豆腐 [2]
涼拌豆腐	ひややっこ 冷奴 [3]、やっこどうふ 奴豆腐 [4]
魚漿製品	ぎょにくねりせいひん 魚肉練り製品 [6]
半片魚板、 半平魚板	はんぺん 半片 [3][0]
黑輪、竹輪	ちくわ 竹輪 [0]
蒲鉾魚板	かまぼこ 蒲鉾 [0]
鐵板燒	てっぱんや 鉄板焼き [0]
文字燒	もんじゃ焼き [0]
大阪燒	このや お好み焼き [0]、 おおさかやき 大阪焼 [0]

各式料理

章魚燒	たこ焼き ⓪
串燒	串焼 ⓪

各式料理

❸西式料理

西餐、西式料理	せいようりょうり 西洋料理 [5]
丹麥餅	デニッシュ [2][1]
司康	スコーン [2]
扭結餅、蝴蝶餅	ブレーツェル [3]
麵包	パン [1]
可頌麵包	クロワッサン [3]
布莉歐、法式奶油麵包	ブリオシュ [3]
吐司	しょく 食パン [0][3]
佛卡夏麵包	フォカッチャ [2]
貝果	ベーグル [1]
咖哩麵包	カレーパン [2][4]

各式料理

紅豆麵包	あんパン③
起司麵包球	ポン・デ・ケイジョ⑥
菠蘿麵包	パイナップルパン⑥
米飯	**ライス①**
土耳其飯	トルコライス④
魚排飯	<ruby>魚<rt>さかな</rt></ruby>のフライライス⑧
西式炒飯	ピラフ①
咖哩飯	カレーライス④
洋蔥牛肉飯	ハヤシライス④
蛋包飯	オムライス③
墨西哥飯	タコライス③
雞肉飯	チキンライス④

各式料理

海鮮	シーフード[3]
白酒蒜味蝦	エビのにんにく炒（いた）め[8]
西班牙醋醃鰻魚	いわしの酢（す）漬（づ）け[0]
炸沙丁魚	いわしのフライ[0]
炸章魚	タコのガリシア風（ふう）
章魚沙拉	タコのマリネ
墨汁小卷	イカの墨煮（すみに）[0]
鐵板料理	ステーキ[2]
煎牛排	ビーフステーキ[5]
煎火腿	ハムステーキ[4]
煎雞排	チキンステーキ[5]

各式料理

湯	スープ①
土耳其羊雜湯	パツァス②
匈牙利牛肉湯	グーラッシュ①
西班牙大蒜湯	ソパデアホ④
西班牙冷湯	ガスパチョ⓪③
青蒜馬鈴薯濃湯	ビシソワーズ④
俄式紅湯	ボルシチ⓪
俄式蔬菜湯	シチー①
洋蔥湯	オニオンスープ⑤
秋葵濃湯	ガンボ①
起司火鍋	フォンデュ①③
馬賽魚湯	ブイヤベース④

各式料理

蛤蜊濃湯	チャウダー①
義大利蔬菜濃湯	ミネストローネ⑤
義式海鮮蛤蜊蒸鯛魚	アクアパッツァ④
德式火鍋	アイントプフ④
墨西哥辣豆醬	チリコンカーン⑤
雞湯	チキンスープ④
乳酪	チーズ①
丹麥康門貝爾乳酪	カマンベール④
切達乳酪	チェダーチーズ④
戈爾根佐拉乳酪	ゴルゴンゾラ⑤
加工乳酪	プロセスチーズ⑤

各式料理

奶油乳酪	クリームチーズ 5
布利乳酪	ブリーチーズ 4
佩克里諾乳酪	ペコリーノ 3
帕米吉亞諾乳酪	パルミジャーノ・レッジャーノ 7
茅屋乳酪	カッテージチーズ 6
格魯耶魯乳酪	グリュイエールチーズ 7
馬斯卡邦乳酪	マスカルポーネ 5
高達乳酪	ゴーダチーズ 4
荷蘭球形乳酪	エダムチーズ 4
彭雷維克乳酪	ポン・レヴェック 3

各式料理

普羅臥乳酪	プロボローネ 4
愛曼塔乳酪	エメンタールチーズ 7
馬札瑞拉乳酪	モッツァレッラ 3
義大利活蛆乳酪	カース・マルツ 4
義大利鄉村軟酪	リコッタ 2
藍紋起士	ロックフォール 4
羅馬諾乳酪	ロマーノチーズ 5
蒙特利傑克乳酪	モントレージャックチーズ 9

各式料理

義大利菜	イタリア料理 5
千層麵	ラザーニャ 2
義大利麵 （總稱）	パスタ 1
通心粉	マカロニ 0
筆尖麵	ペンネ 1
義大利細麵	ベルミチェリ 3、 バーミセリ 3
義大利餃	ラビオリ 0
義大利寬麵	タリアテッレ 4
義大利燉飯	リゾット 2 1
義大利麵	スパゲッティー 3
義大利麵疙瘩	ニョッキ 1
義大利麵捲	カネロニ 0

各式料理

義大利圓管麵	ブカティーニ ③
義大利披薩	ピッツァ ①、ピザ ①
拿坡里披薩	ナポレターナ ④
馬利納拉披薩	マリナーラ ③
瑪格麗特披薩	マルゲリータ ④
法國料理	フランス料理（りょうり） ⑤
前菜	オードブル ①③
開胃小點、小前菜	アミューズ・ブーシュ ⑤
普羅旺斯魚湯	ブイヤベース ④
奶油烤菜	グラタン ⓪②

各式料理

西班牙料理	スペイン料理 [5]
西班牙火腿	ハモン・セラーノ [5]
伊比利火腿	ハモン・イベリコ [4]
西班牙辣香腸	チョリソ [2][1]
西班牙蛋餅	トルティージャ [5]
西班牙菜飯	パエリア [2]
西班牙熱湯	レンズ豆の煮込み
西班牙式潛艇堡	スペイン風サンドイッチ [10]

各式料理

❹速食

速食	ファーストフード⑤
牛奶	ミルク①
可樂餅、炸肉餅	コロッケ①②
奶昔	シェーク①
優格	ヨーグルト③
玉米濃湯	コーンスープ④
串燒	シシカバブ③
法式吐司	トリハス①
洋芋片	ポテトチップ④
炸薯條	フライポテト⑤
炸雞	フライドチキン⑤
甜甜圈	ドーナツ①

各式料理

速食麵	インスタントラーメン7
超商便當	コンビニ弁当(べんとう)5
義式三明治	パニーノ2、パニーニ2
熱狗	ホットドッグ4
鬆餅、煎餅	ホットケーキ4、パンケーキ3
格子鬆餅	ワッフル1
爆米花	ポップコーン4
漢堡	ハンバーグ3
大麥克	ビッグマック4
起司漢堡	チーズバーガー4
麥克雞塊	チキンマックナゲット7

各式料理

麥香魚	フィレオフィッシュ [4]
雙層起司漢堡	ダブルチーズバーガー [7]
沙拉	サラダ [1]
水果沙拉	フルーツサラダ [5]
凱薩沙拉	シーザーサラダ [5]
馬鈴薯沙拉	ポテトサラダ [4]
捲心菜沙拉	コールスロー [5]
蔬菜沙拉	グリーンサラダ [5]
鮪魚沙拉	ツナサラダ [3]
雞蛋沙拉	卵サラダ [4]
披薩	ピザ [1]
拿坡里披薩	ナポリピッツァ [4]

各式料理

披薩餃	カルツォーネ ③
派	パイ ①
千層派	ミルフィーユ ③
肉餡派	ミンスパイ ③
南瓜派	パンプキンパイ ④
香蕉派	バナナパイ ③
核桃派	ペカンパイ ②
蘋果派	アップルパイ ④⑤
三明治	サンドイッチ ④
俱樂部三明治	アメリカンクラブハウスサンド ⑫
培根、生菜、番茄三明治	BLTサンドイッチ
蔬菜蛋三明治	野菜と卵のサンドイッチ

各式料理

| 豬排三明治 | カツサンド ③ |
| 鮪魚三明治 | ツナサンドイッチ ⑥ |

各式料理

❺甜點

甜點	デザート②
布丁	プリン①
法式烤布丁	カスタードプディング⑥
奶酪	ババロア⓪
蛋糕	ケーキ①
水果塔	タルト①
奶油圓蛋糕	クグロフ②
多層蛋糕	ドボシュ・トルテ④
年輪蛋糕	バウムクーヘン④
柏林蛋糕	ベルリーナー・プファンクーヘン⑩
海綿蛋糕	スポンジケーキ⑤

各式料理

草莓蛋糕	ショートケーキ ④
瑪芬蛋糕	マフィン ①
戚風蛋糕	シフォンケーキ ④
瑞士捲	ロールケーキ ④
義大利水果蛋糕	パネトーネ ③
蜂蜜蛋糕	カステラ ⓪
蒙布朗、栗子蛋糕	モンブラン ①
德式水果蛋糕	シュトーレン ②
潘多羅蛋糕	パンドーロ ③
薩赫蛋糕	ザッハトルテ ④

各式料理

餅乾	クッキー①、ビスケット③
威化餅乾	ウエハース②、ウェファース②
幸運餅	フォーチュン・クッキー⑤
薑餅	ジンジャークッキー⑤
肉桂餅乾	スニッカードゥードル⑥
薑餅人餅乾	ジンジャーブレッドマン⑥
巧克力餅乾	チョコレートクッキー⑥
奶酥餅乾	ショートブレッド⑤

FOOD

食 日語單字速讀

食　材

FOOD

食 材

❶肉類、蛋類

肉	にくるい 肉類[1]
五花肉	ばら[1]、三枚肉[3]
内臟	ぞうもつ 臟物[0]、内臟[0]、 もつ[1]
火腿	ハム[1]
牛肉	ぎゅうにく 牛肉[0]
牛里脊	テンダーロイン[5]
小羊肉	ラム[1]
羊肉	マトン[1]、羊肉[0]
肋排	にく あばら肉[3]
沙朗、 牛腰肉	サーロイン[3]

食材

里脊肉	ロース[1]
腱子肉	<ruby>筋肉<rt>すじにく</rt></ruby>[2]、<ruby>腱<rt>けん</rt></ruby>[1]
腓力	ヒレ[0]、フィレ[0]
馬肉	<ruby>馬肉<rt>ばにく</rt></ruby>[0]、さくら[0]
排骨	スペアリブ[4]
絞肉	<ruby>挽肉<rt>ひきにく</rt></ruby>[0]
香腸	ソーセージ[1][3]
義式臘腸	サラミ[1][0]
培根	ベーコン[1]
維也納香腸	ウィンナソーセージ[5][7]
肥肉	<ruby>脂身<rt>あぶらみ</rt></ruby>[3]
瘦肉 （白肉類）	<ruby>白身<rt>しろみ</rt></ruby>[0][2]

日語單字速讀 食

食材

瘦肉 （紅肉類）	あかみ 赤身 [0]
豬肉	ぶたにく とんにく 豚肉 [0]、豚肉 [0]、 ぼたん [1]
鴨肉	かもにく 鴨肉 [0]
雞肉	とりにく 鶏肉 [0]、かしわ [0]
雞肉丸	つくね [0]
雞翅	てばさき 手羽先 [0]
雞胸肉	み ささ身 [0]
鵝肉	がちょうにく 鵞鳥肉 [2]
鵝肝	フォアグラ [0]
鹹牛肉 （罐頭）	コンビーフ [3]、 コーンビーフ [4]、 コーンドビーフ [5]

食材

蛋	たまご 卵 [2][0]
蛋白	しろみ 白身 [0][2]
蛋黃	き み 黄身 [0]、らんおう 卵黄 [0]
駝鳥蛋	たまご ダチョウの卵 [6]
鴨蛋	たまご アヒルの卵 [6]
鴿子蛋	たまご ハトの卵
雞蛋	たまご ニワトリの卵 [7]、けいらん 鶏卵 [0]
鵪鶉蛋	たまご ウズラの卵 [6]

食 材

❷海鮮類

魚	さかな 魚 ⓪
日本馬加鰆、白北仔	さわら 鰆 ⓪
日本馬頭魚	あかあまだい 赤甘鯛 ④
白馬頭魚、方頭魚	しろあまだい 白甘鯛 ④
白帶魚	たちうお 太刀魚 ②
石狗公	カサゴ ⓪②
石鯛	いしだい 石鯛 ⓪②
立翅旗魚、白肉旗魚	シロカジキ ③
竹莢魚、真鯵	あじ 鯵 ①

食　材

灰鰭鯛、烏鯨	ナンヨウチヌ [3]
吳郭魚	ティラピア [0]
沙丁魚	いわし 鰯 [0]
沙棱	キス [1][2]
赤石斑魚	アカハタ [0]
赤點石斑	キジハタ [0]
赤鯨	キダイ [1]
飛魚	とびうお 飛魚 [0][2]
金槍魚、鮪魚	まぐろ 鮪 [0]
黑鮪魚	くろまぐろ 黒鮪 [3]
青花魚	さば 鯖 [0]

食材

河豚	河豚 ふぐ [1][0]
星鰻	アナゴ [0]
柳葉魚	シシャモ [0]
秋刀魚	秋刀魚 さんま [0]
紅魽鰺、紅甘	カンパチ [0]
紅鮭	ベニザケ [3][0]
紅鱒	虹鱒 にじます [0]
香魚	鮎 あゆ [1]
剝皮魚	カワハギ [0]
嘉鱲魚	マダイ [0]
鮭魚	鮭 さけ [1]
鯛魚	鯛 たい [1]

食 材

鯽魚	^{ふな}鮒 1
鱒魚	^{ます}鱒 02
鰹魚	^{かつお}鰹 0
鱸魚	^{すずき}鱸 0
螃蟹	^{かに}蟹 0
大閘蟹、中華絨螯蟹	チュウゴクモクズガニ 7
日本蟳、石蟹	イシガニ 0
毛蟹、日本絨螯蟹	^{もくずがに}藻屑蟹 3
武士蟳	アカイシガニ 4
花蟹、花饅頭蟹	スベスベマンジュウガニ 7

食材

帝王蟹	タラバガニ [3]
雪蟹、松葉蟹	ズワイガニ [3][2]
蛙形蟹、旭蟹	アサヒガニ [3]
椰子蟹	ヤシガニ [2]
蝦子	海老 [0]、蝦 [0]
明蝦	車海老 [3]
草蝦	ウシエビ [0]、ブラックタイガーエビ [7]
貪食沼蝦、過山蝦	コンジンテナガエビ [7]
對蝦、大正蝦	タイショウエビ [3]、コウライエビ [3]
蝦蛄、瀬尿蝦	蝦蛄 [1]

食 材

蝦姑頭	ウチワエビ ③
螯蝦	ざりがに ⓪
蘆蝦、沙蝦	サルエビ ②
櫻花蝦	サクラエビ ③
龍蝦	伊勢海老 ② いせえび
貝類	貝 ① かい
中華文蛤	シナハマグリ ③
牡蠣	牡蠣 ① かき
巨牡蠣	マガキ ②
姥蛤、 北寄貝	ほっき貝 ③ がい
扇貝	帆立貝 ③ ほたてがい
海瓜子	浅蜊 ⓪ あさり

食材

淡菜	ムール貝 [3]（がい）
蛤蜊	蛤 [3]（はまぐり）
魁蛤	赤貝 [2]（あかがい）
九孔	トコブシ [0]
蜆	蜆 [0]（しじみ）
台灣蜆	タイワンシジミ [5]
大法螺	法螺貝 [2]（ほらがい）
台灣鳳螺、小鳳螺	タイワンバイ [3]
田螺	田螺 [1]（たにし）
竹蟶	マテ貝 [2]（がい）
黑鮑	クロアワビ [3]

食　材

寶螺	<ruby>宝貝<rt>たからがい</rt></ruby> ③
蠑螺	サザエ ①
鮑魚	<ruby>鮑<rt>あわび</rt></ruby> ①
干貝	<ruby>貝柱<rt>かいばしら</rt></ruby> ③
軟體動物	<ruby>軟體動物<rt>なんたいどうぶつ</rt></ruby> ⑤
日本魷	スルメイカ ③
章魚	<ruby>章魚<rt>たこ</rt></ruby> ①
真蛸	マダコ ⓪②
豹斑章魚	ヒョウモンダコ ③
短蛸、短爪章魚	イイダコ ⓪①
烏賊	<ruby>烏賊<rt>いか</rt></ruby> ⓪

食 材

大島鎖管	アジアジンドウイカ [6]
台灣鎖管、中國槍烏賊	ヒラケンサキイカ [6]
耳烏賊	ミミイカ [2]
金烏賊、真烏賊	コウイカ [1]
其他加工製品	<ruby>他<rt>ほか</rt></ruby> [0]
海苔	のり [2]
魷魚乾	<ruby>鯣<rt>するめ</rt></ruby> [0]
小魚乾	<ruby>白子干し<rt>しらすぼ</rt></ruby> [0][3]
小乾白魚	<ruby>縮緬雜魚<rt>ちりめんじゃこ</rt></ruby> [5]
柴魚片	<ruby>鰹節<rt>かつおぶし</rt></ruby> [0]

食　材

明太子、漬鱈魚卵	めんたいこ 明太子 03
烏魚子	からすみ 鱲子 02
魚子醬	キャビア 1
鮭魚卵	イクラ 01
鱈魚卵	たらこ 鱈子 30
沙丁魚丸	つみれ 0
魚翅	フカヒレ 0

食 材

❸穀物

米	こめ 米[2]
糙米	げんまい 玄米[10]
發芽米	はつがげんまい 発芽玄米[4]
胚芽米	はいがせいまい 胚芽精米[4]、 はいがまい 胚芽米[0]
白米	はくまい　　　せいはくまい 白米[20]、精白米[0]
免洗米	むせんまい 無洗米[0]
香米	かお　まい 香り米[0]
粳米	うるち 粳[0]
糯米	もちごめ 糯米[0]
玉蜀黍、 玉米	トウモロコシ[3]

食材

麥類	むぎ 麦①
大麥	おおむぎ 大麦⓪③
小米	アワ①
小麥	こむぎ 小麦⓪②
日本稗粟	ヒエ①②
指形粟	シコクビエ③
珍珠粟	トウジンビエ③
高粱	モロコシ⓪、 タカキビ③⓪、 コウリャン①、 ソルガム①
黍	キビ①
裸麥	むぎ ライ麦⓪③
燕麥	カラスムギ③④

食　材

❹豆類

豆類	まめ 豆 2
毛豆	えだまめ 枝豆 0
四季豆	いんげんまめ 隠元豆 3
白鳳豆、 刀豆	なたまめ 鉈豆 0
花生	らっかせい　　なんきん 落花生 3 0、南京 まめ 豆 3、ピーナツ 1
花豆	べにばないんげん 紅花隠元 5
青豌豆	グリーンピース 5
扁豆	レンズマメ 3、 ひらまめ 平豆 2
紅豆	あずき 小豆 3

食 材

豇豆	ササゲ [0]
黃豆	だいず 大豆 [0]
黑豆	くろまめ 黒豆 [0]
綠豆	りょくとう 緑豆 [0]、 やえなり 八重生り [0]、 ぶんどう 文豆 [0]
豌豆	えんどう 豌豆 [1]
翼豆	しかくまめ 四角豆 [3]
鵲豆	ふじまめ 藤豆 [0]
蠶豆	そらまめ 蚕豆 [2]
鷹嘴豆	ひよこまめ 雛豆 [3]

食 材

❺蔬菜

蔬菜	野菜[0]、蔬菜[0]
有機蔬菜	有機野菜[4]
小黃瓜	胡瓜[1]
山藥	山芋[0]
牛蒡	牛蒡[0]
冬瓜	冬瓜[1][3][0]
玉米筍	ベビーコーン[4]
玉蜀黍	玉蜀黍[3]
白菜	白菜[3][0]
竹筍	筍[0]

食 材

西洋芹	パセリ①
芋頭	さといも 里芋⓪
豆芽菜	も 萌やし③⓪
豆瓣菜、 西洋菜	クレソン②
空心菜	くうしんさい 空心菜③、 ヨウサイ⓪
芝麻菜	ルッコラ①
芹菜	セロリ①
花椰菜	カリフラワー④
綠花椰菜	ブロッコリー②
青江菜	ちんげんさい 青梗菜③
青椒	ピーマン①
南瓜	かぼちゃ 南瓜⓪

食材

洋蔥	玉ねぎ ③
秋葵	オクラ ⓪①
紅椒	赤ピーマン ③
胡蘿蔔	人参 ⓪
苦瓜	苦瓜 ②、 つるれいし ③
茄子	茄子 ①
韭菜	韮 ⓪②
夏南瓜、 西葫蘆	ズッキーニ ③
馬鈴薯	ジャガイモ ⓪
高麗菜、 包心菜	キャベツ ①

茭白筍	マコモ [0]
甜玉米	スイートコーン [5]
甜菜	さとうだいこん 砂糖大根 [4]
蛇瓜	からすうり 烏瓜 [3]
野菜	さんさい 山菜 [0]
野薤	らっきょう [0]
朝鮮薊	アーティチョーク [4]
絲瓜	へちま 糸瓜 [0]
菊苣	チコリー [1]
越瓜	しろうり 白瓜 [0][2]
菠菜	そう ほうれん草 [3]
慈菇	くわい 慈姑 [0]

食材

葫蘆	ひょうたん 瓢箪 [3]
萵苣	レタス [1]
榨菜	ザーサイ [0]
蓮藕	レンコン [0]
蓴菜	じゅんさい [0]
蕃薯	さつまいも 薩摩芋 [0]
蕪菁	かぶ 蕪 [0]
鴨兒芹	み　ば 三つ葉 [0]
蘆筍	アスパラガス [4]
蘘荷	みょうが 茗荷 [0]
蘿蔔	だいこん 大根 [0]

食 材

❻菇類

菇類	キノコ[1]
巴西蘑菇	アガリクス茸[5]（たけ）
牛排菇	カンゾウタケ[3]
巨大口蘑、金福菇	ニオウシメジ[4]
木耳	木耳[2]（きくらげ）
白木耳	白木耳[4]（しろきくらげ）
朴蕈	なめこ[3][0]
竹笙	キヌガサタケ[4]
羊肚菌	アミガサタケ[4]
松蕈	松茸[0][3]（まつたけ）
松露	松露[1]（しょうろ）、トリュフ[1]

食 材

金針菇	えのきたけ 榎 茸 ③
柳松菇	ヤナギマツタケ ⑥
香菇	しいたけ 椎茸 ①
草菇	ふくろたけ 袋 茸 ③
猴頭菇	ヤマブシタケ ④
黃金茸	コガネタケ ③
舞菇	まいたけ 舞茸 ① ②
褐絨蓋牛肝菌	ニセイロガワリ ⑤
蘑菇	マッシュルーム ④
鮑魚菇	ひらたけ 平茸 ⓪ ②
鴻喜菇	ブナシメジ ③
雞肉絲菇	オオシロアリタケ ⑥

食 材

| 雞油菌 | <ruby>杏 茸<rt>あんずたけ</rt></ruby> ③ |
| 靈芝 | <ruby>霊芝<rt>れい し</rt></ruby> ①、<ruby>万年茸<rt>まんねんたけ</rt></ruby> ③ |

食材

❼水果

水果	くだもの 果物 [2]
山竹	マンゴスチン [3]
木瓜	パパイヤ [2]
木苺	きいちご 木苺 [2]
火龍果	ピターヤ [2][3]、ド ラゴンフルーツ [6]
甘蔗	さとうきび 砂糖黍 [2][4]、 シュガーケーン [4]
石榴	ざくろ 石榴 [1]
百香果	クダモノトケイソ ウ [7][0]、パッショ ンフルーツ [6]
西瓜	すいか 西瓜 [0]

食 材

西洋梨	<ruby>洋<rt>よう</rt></ruby>ナシ 0
佛手柑	<ruby>夏蜜柑<rt>なつみかん</rt></ruby> 3
李子	<ruby>李<rt>すもも</rt></ruby> 0
杏仁	<ruby>杏<rt>あんず</rt></ruby> 6
芒果	マンゴー 1
奇異果	キウイフルーツ 5
枇杷	<ruby>枇杷<rt>びわ</rt></ruby> 1
芭蕉	<ruby>芭蕉<rt>ばしょう</rt></ruby> 0
金橘	<ruby>金柑<rt>きんかん</rt></ruby> 3
哈密瓜	メロン 1
柿子	<ruby>柿<rt>かき</rt></ruby> 0

食 材

柚子、文旦	ザボン [0]
紅毛丹	ランブータン [3]
香瓜	まくわうり [3]
香柚、柚子	柚子（ゆず）[1]
香蕉	バナナ [1]
桑椹	マルベリー [3]
桃子	桃（もも）[0]
油桃	ツバイ桃（もも）[2]、 光桃（ひかりもも）[3]、油桃（あぶらもも）[3]
荔枝	レイシ [1]、 ライチー [1]
草莓	苺（いちご）[0][1]
黑莓	ブラックベリー [5]

食材

藍莓	ブルーベリー [4]
蔓越莓	ツルコケモモ [3]
梅子	うめ 梅 [0]
梨	なし 梨 [2][0]
蘋果	りんご 林檎 [0]、アップル [1]
富士蘋果	ふじりんご 富士林檎 [3]
五爪蘋果	レッドデリシャス [5]
金冠蘋果	ゴールデンデリシャスリンゴ [10]
青蘋果	グラニースミス [5]、 あお 青リンゴ [3]
棗子	なつめ 棗 [0]

食材

無花果	無花果（いちじく）[2]
越橘	苔桃（こけもも）[0][2]
椰子	椰子（やし）[1]
楊桃	スターフルーツ[5]、ゴレンシ[2]
葡萄	葡萄（ぶどう）[0]
麝香葡萄	マスカット[3]
葡萄柚	グレープフルーツ[6]
酪梨、鱷梨	アボカド[0]
榴槤	ドリアン[1]
酸橙、苦橙	橙（だいだい）[3]
鳳梨	パイナップル[3]

食 材

蓮霧	ジャワフトモ モ[4]、レンブ[1]
橘子	みかん 蜜柑[1]、オレンジ[2]
橄欖	オリーブ[2]
蕃石榴	グアバ[1]
蕃茄	トマト[1]
龍眼	りゅうがん 竜眼[1][0]
檸檬	レモン[1][0]
釋迦	バンレイシ[3]、 シャカトウ[0]
櫻桃	さくらんぼ[0]、 チェリー[1]

調味用品

FOOD

調味用品

❶ 油醬類

油	油 [0]、オイル [1]
大豆油	大豆油 [3][0]、だいずあぶら [4]
沙拉油	サラダオイル [4]
麻油	ごま油 [3]
菜籽油	菜種油 [3]、菜種油 [4]
豬油	ラード [1]
橄欖油	オリーブ油 [4]
醬	
醬汁	ソース [1]
醬油	醬油 [0]
豆瓣醬	豆板醬 [3]

蠔油	オイスターソース[6]
料酒	みりん 味醂[0]
味噌	みそ 味噌[1]
調味醬	ドレッシング[2]
辣油	ゆ ラー油[0]
辣醬	チリソース[3]
墨西哥辣醬	タバスコ[2][0]
黃芥末	からし 芥子[0]、 マスタード[3]
果醬	ジャム[1]
花生醬	ピーナツバター[5]
草莓果醬	イチゴジャム[4]
橘子醬	マーマレード[4]

調味用品

蕃茄醬	ケチャップ [2][1]
蜂蜜	<ruby>蜂蜜<rt>はちみつ</rt></ruby>[0]、ハニー [1]
奶油	バター [1]
鮮奶油	<ruby>生<rt>なま</rt></ruby>クリーム [4]
卡士達醬、奶油醬	カスタード [3]
美乃滋	マヨネーズ [3]
乳瑪琳	マーガリン [1][0]
醋	<ruby>酢<rt>す</rt></ruby>[1]、<ruby>食酢<rt>しょくす</rt></ruby>[0]
義大利黑醋	バルサミコ<ruby>酢<rt>す</rt></ruby>[5]

❷調味料

調味料	ちょうみりょう 調味料 [3]
砂糖	さとう 砂糖 [2]、 グラニュー糖 [0]
方糖	かくざとう 角砂糖 [3]
冰糖	こおりざとう 氷砂糖 [4]
紅糖	くろざとう こくとう 黒砂糖 [3]、黒糖 [0]
焦糖	キャラメル [0]
蔗糖	しょとう 蔗糖 [0][1]
糖精	サッカリン [0]

調味用品

鹽、食鹽	しお しょくえん 塩[2]、食塩[2]
岩鹽	がんえん せきえん 岩塩[10]、石塩[2]、 やまじお 山塩[0]
味精	あじ もと 味の素[3]
香料、 香辛料	こうしんりょう 香辛料[3]、 こうりょう 香料[31]、 やくみ 薬味[30]、 スパイス[2]
胡椒	こしょう 胡椒[2]
花椒	さんしょう 山椒[0]
辣椒	とうがらし 唐辛子[3]
山葵、芥末	わさび 山葵[1]

調味用品

黃芥末	<ruby>芥子<rt>からし</rt></ruby>[0]、 マスタード[3]
蔥	<ruby>葱<rt>ねぎ</rt></ruby>[1]
薑	<ruby>生姜<rt>しょうが</rt></ruby>[0]
大蒜	にんにく[0]、 ガーリック[1]
八角	<ruby>八角<rt>はっかく</rt></ruby>[4]、 スターアニス[4]
太白粉	<ruby>片栗粉<rt>かたくりこ</rt></ruby>[4][3]
咖哩粉	カレー<ruby>粉<rt>こ</rt></ruby>[0]
薑黃粉、 鬱金粉	うこん<ruby>粉<rt>こ</rt></ruby>[2]
米糠	<ruby>糠<rt>ぬか</rt></ruby>[2][0]、こぬか[0]
紅麴菌	ベニコウジカビ[5]

調味用品

❸香草類

香草	バニラ①
丁香	クローブ②
小白菊、解熱菊	マトリカリア④、ナツシロギク④
山桑子	ビルベリー③
天芥菜	ヘリオトロープ⑤
月見草	<ruby>月見草<rt>つきみそう</rt></ruby>⓪、<ruby>月見草<rt>つきみくさ</rt></ruby>③
月桂樹、桂冠樹	ローレル①
牛至、俄勒崗、奧力崗、花薄荷	オレガノ⓪
甘草	<ruby>甘草<rt>かんぞう</rt></ruby>⓪①
白芷	アンゼリカ③

百里香	タイム[1]、 タチジャコウソウ[4]
肉桂	シナモン[1]
艾草	ヨモギ[0]
艾菊	エゾヨモギギク[5]
杜松	ネズ[1]、杜松（としょう）[1]
沒藥	ミルラ[1]
乳香	乳香（にゅうこう）[0][1]
夜來香、 月下香	月下香（げっかこう）[3]、オランダスイセン[5]
明日葉	アシタバ[0]
芸香	芸香（うんこう）[0]、ヘンルーダ[3]

周味用品

金蓮花、旱蓮花、旱金蓮	ナスターチウム[1]
洋甘菊	カミツレ[2][0]
荷蘭芹	パセリ[1]
茉莉	ジャスミン[1]
風輪菜、歐洲香薄荷	セイボリー[1]
食用石蓮	<ruby>朧月<rt>おぼろづき</rt></ruby>[3][0]
香艾菊、龍艾	タラゴン[1]
香茅	シトロネラ[3]、シトロネル[3]
香菜、芫荽	コエンドロ[2]
香蜂草	メリッサ[2]

調味用品

香椿、香柏木	シーダー [1]
香櫞	シトロン [2]
牛膝草、柳薄荷	ヒソップ [2]
琉璃苣	ボリジ [1]
神秘果	ミラクルフルーツ [6]
茴香	フェンネル [1]
茴藿香	アニスヒソップ [5]
迷迭香	ローズマリー [4]
馬鞭草	レモンバーベナ [4]
甜菊	ステビア [2]
甜萬壽菊	ミントマリーゴールド [7]

調味用品

細香蔥、蝦夷蔥	エゾネギ ②
紫蘇	紫蘇(しそ) ⓪
圓葉當歸	ラベッジ ②
不凋花、義大利蠟菊、咖哩草	カレープラント ⑤
鼠尾草	サルビア ⓪
管蜂香草、蜂香薄荷	ベルガモット ④
綠薄荷	オランダハッカ⑤、ミドリハッカ④
蒲公英	セイヨウタンポポ⑤
蜜柑	マンダリン ⓪
酸模	ソレル ①

調味用品

蒔蘿	イノンド[2]、蒔蘿[1] (じいら)
廣藿香	パチョリ[1]
歐亞甘草	カンゾウ[0][1]
歐亞澤芹	ムカゴニンジン[4]
橙花	ネロリ[1]
澳洲茶樹	ティートリー[1]
荊芥、貓草	キャットニップ[4]
檀香	ビャクダン[2][0]
薄荷	ミント[1]、薄荷[0] (はっか)
檸檬香蜂草	セイヨウヤマハッカ[7]
檸檬草	レモングラス[4]
薰衣草	ラベンダー[2]
羅勒	バジル[1]

食 日語單字速讀

飲　料

FOOD

飲　料

❶酒

伏特加	ウォッカ① ②
代基里酒	ダイキリ ⓪
沙特勒茲酒	シャルトリューズ ④
波特酒	ポートワイン ④
金巴利酒	カンパリ ⓪
馬德拉酒	マデイラワイン ⑤
雪莉酒	シェリー ①
德國冰酒	アイスヴァイン ④
雞尾酒	カクテル ①
蛋酒	アドヴォカート ③
愛爾蘭奶油酒	ベイリーズ・オリジナル・アイリッシュ・クリーム ⑯

飲料

白蘭地	ブランデー [0][2]
干邑白蘭地	コニャック [1][2]
水果白蘭地	フルーツブランデー [0]
櫻桃白蘭地	チェリーブランデー [5]
威士忌	ウィスキー [3][4][2]
日本威士忌	ジャパニーズウィスキー [7]
加拿大威士忌	カナディアンウィスキー [7]
波本威士忌	バーボンウィスキー [6]
純麥威士忌	モルトウィスキー [6]
單一純麥威士忌	シングルモルトウィスキー [9]

飲 料

愛爾蘭威士忌	アイリッシュウィスキー[7]
裸麥威士忌	ライウィスキー[4]
穀類威士忌	グレーンウィスキー[6]
調和威士忌	ブレンデッドウィスキー[8]
蘇格蘭威士忌	スコッチウィスキー[6]
香檳	シャンパン[3]
香檳王	ドン・ペリニヨン[5]、ドンペリ[0]
庫克香檳	クリュッグ[2]
泰廷爵香檳	テタンジェ[2]
凱歌香檳	ヴーヴ・クリコ[4]
酩悅香檳	モエー・シャンドン[4]

飲　料

羅蘭香檳	ローラン・ペリエ [5]
蘭頌香檳	ランソン [1]
啤酒	ビール [1]
生啤酒	なま 生ビール [3]
皮耳森啤酒	ピルスナー [2][1]
科隆啤酒	ケルシュ [1]
黑啤酒	くろ 黒ビール [3]
水果酒	かじつしゅ 果実酒 [3]
葡萄酒	ワイン [1]
白葡萄酒	しろ 白ワイン [3]
紅葡萄酒	あか 赤ワイン [3]
蘭姆酒	しゅ ラム酒 [0][2]

飲 料

白蘭姆	ホワイトラム⑤
金蘭姆	ゴールド・ラム⑤
黑蘭姆	ダークラム④
椰子蘭姆酒	マリブ①
咖啡酒	カルーア②
牙買加咖啡酒	ティアマリア③
杏仁酒	アマレット③
柑橘酒	キュラソー②①
紅石榴糖漿	グレナデン・シロップ⑥
荔枝酒	ディタ①
野莓酒	スロー・ジン②
黑醋栗香甜酒	クレーム・ド・カシス⑥

飲 料

香草酒	ガリアーノ ③
苦艾酒	アブサン ①、ベルモット ③
茴香酒	ウゾ ①
普羅旺斯茴香酒	パスティス ①
紫羅蘭酒	パルフェ・タムール ⑤
龍舌蘭酒	テキーラ ②
琴酒	ジン ①
老湯姆琴酒	オールド・トム・ジン ⑦
荷蘭琴酒	ジェネヴァ ①
日本酒	にほんしゅ 日本酒 ⓪
吟釀酒	ぎんじょうしゅ 吟釀酒 ③

飲 料

泡盛酒	<ruby>泡盛<rt>あわもり</rt></ruby> [2][0]
清酒	<ruby>酒<rt>さけ</rt></ruby> [0]、<ruby>清酒<rt>せいしゅ</rt></ruby> [0]
甜酒	<ruby>甘酒<rt>あまざけ</rt></ruby> [0]
燒酒	<ruby>焼酎<rt>しょうちゅう</rt></ruby> [3]
利酒	リキュール [2]
班尼狄克丁利酒	ベネディクティン [3]
蜂蜜酒	ドランブイ [4]
氣泡酒	<ruby>発泡酒<rt>はっぽうしゅ</rt></ruby> [3]、スパークリングワイン [8]
卡瓦氣泡酒	カバ [1]

飲 料

❷茶

茶	お茶[0]（ちゃ）
茶包	ティーバッグ[3]
紅茶	紅茶[0]（こうちゃ）
大吉嶺紅茶	ダージリン紅茶[6]（こうちゃ）
尼爾吉里紅茶	ニルギリ紅茶[5]（こうちゃ）
正山小種紅茶	ラプサン・スーチョン[5]
祁門紅茶	キーマン紅茶[5]（こうちゃ）
阿薩姆紅茶	アッサム紅茶[5]（こうちゃ）
烏瓦紅茶	ウバ紅茶[3]（こうちゃ）
錫蘭紅茶	セイロン紅茶[5]（こうちゃ）

飲 料

中國茶	ちゅうこくちゃ 中国茶 ④
鐵觀音	てっかんのん 鉄観音 ③
烏龍茶	ウーロン茶 ③
凍頂烏龍茶	とうちょうウーロン茶 ⑦
東方美人茶	とうほうびじん茶 ⑥
馬黛茶	マテ茶 ②
普珥茶	プーアル茶 ④
酥油茶	バター茶 ②
日本茶	にほんちゃ 日本茶 ⓪
綠茶	りょくちゃ 緑茶 ⓪

飲 料

梅子茶	うめちゃ 梅茶 [2]
昆布茶	こ ぶ ちゃ 昆布茶 [2]、 こん ぶ ちゃ 昆布茶 [3]
煎茶	せんちゃ 煎茶 [0]
烘焙茶	ちゃ ほうじ茶 [3][0]
抹茶	まっちゃ 抹茶 [0]
麥茶	むぎちゃ 麦茶 [2]
甜茶	あまちゃ 甘茶 [0]
玉露茶	ぎょくろ 玉露 [1][0]
番茶	ばんちゃ 番茶 [0]
糙米茶	げんまいちゃ 玄米茶 [3]

飲　料

花茶	はなちゃ 花茶 [2]
花果茶	かか茶 [2] （ちゃ）
桂花茶	けいか茶 [3] （ちゃ）
茉莉花茶	ジャスミン茶 [3] （ちゃ）
菊花茶	きっかちゃ 菊花茶 [3]
奶茶	ミルクティー [4]
珍珠奶茶	タピオカティー [4]、パールミルクティー [7]

❸咖啡

咖啡	コーヒー [3]
拿鐵咖啡	カフェラッテ [0][3]
卡布其諾	カプチーノ [3]
焦糖瑪奇朵	キャラメルマキアート [6]
摩卡咖啡	カフェモカ [0]
美式咖啡	アメリカンコーヒー [8]
義式濃縮咖啡	エスプレッソ [4]
瑪奇朵	エスプレッソマキアート [8]
康保藍	エスプレッソコンパナ [7]
冰咖啡	アイスコーヒー [6][4]

飲 料

冰拿鐵	アイスカフェラテ ⓪
冰焦糖瑪奇朵	アイスキャラメルマキアート ⑨
冰摩卡	アイスカフェモカ ⓪
冰美式咖啡	アイスアメリカンコーヒー ⑨

飲料

❹果汁、汽水

果汁	ジュース①
柳橙汁	オレンジジュース⑤
萊姆汁	ライムジュース④
葡萄汁	グレープジュース⑤
鳳梨汁	パインジュース④
檸檬汁	レモンジュース④
蕃茄汁	トマトジュース④
橘子水	オレンジエード⑤
檸檬水	レモネード③
碳酸飲料	たんさんいんりょう 炭酸飲料⑤
汽水、蘇打水	ソーダ①、炭酸水③ たんさんすい
薑汁汽水	ジンジャーエール⑤
可樂	コーラ①

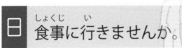

日 食事（しょくじ）に行（い）きませんか。

中 要不要去吃飯？

日 お昼（ひる）は何（なに）を食（た）べようか。

中 中午要吃什麼呢？

日 夕食（ゆうしょく）は普段何時（ふだんなんじ）ごろですか。

中 晚餐通常幾點吃？

日 中華料理（ちゅうかりょうり）なんかどうですか。

中 中華料理如何？

日 サラダ、手（て）を出（だ）してください。

中 沙拉請自行拿取。

日 スープの味（あじ）はいかがですか。

中 湯的味道如何？

生活會話

日	わあ、おいしい。
中	哇，真好吃！

日	たいへんおいしかったです。ごちそうさま。
中	非常好吃。謝謝招待。

日	気に入ってもらえてうれしいです。
中	很高興您喜歡。

日	ごちそうしますよ。
中	我請客。

日	この店は食べ物はおいしくて値段も手ごろです。
中	這間店的食物很好吃，價格也不貴。

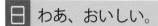

生活會話 會話

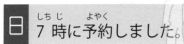

日 7時に予約しました。
しち じ　よやく

中 我預約7點的。

日 2人[3人]です。
ふたりさんにん

中 2[3]位。

日 メニューを見せてください。
み

中 請給我看菜單。

日 お勧めはなんですか。
すす

中 推薦料理是什麼?

日 この店の自慢料理はなんですか。
みせ　じまんりょうり

中 這間店最有特色的菜是什麼?

日 ハム・ソーセージの盛り合わ
せをください。
も　あ

中 請給我火腿香腸拼盤。

日 さかなにく
魚[肉]のほうにします。

中 我要魚[肉]。

日 ステーキの焼き具合はどのようにしましょうか。

中 牛排要幾分熟?

日 ミディアム[レア、ウエルダン]にしてください。

中 請給我5分熟[1分熟、全熟]。

日 ミックスサラダもください。

中 也請給我綜合沙拉。

日 コーヒーでも飲みませんか。

中 要不要喝點咖啡?

日 コーヒーはブラックがいいです。

中 我要黑咖啡。

日 デザートには何^{なに}がありますか。

中 甜點有什麼呢？

日 アイスクリームにします。

中 我要冰淇淋。

日 ワインをグラスでください。

中 我要一杯紅酒。

日 お勘定^{かんじょう}をお願^{ねが}いします。

中 請幫我結帳。

日 クレジットカードでお願^{ねが}いします。

中 我要用信用卡結帳。

日 テイクアウトでハンバーガー2個^{にこ}をお願^{ねが}いします。

中 我要2個漢堡，帶走。

生活會話 會話

日	ホットドッグとオレンジジュースをください。
中	請給我熱狗和柳橙汁。

日	スモール[ミディアム、ラージ]をお願_{ねが}いします。
中	我要小[中、大]的。

日	ここで食_たべます。
中	在這裡吃。

日	持_もち帰_{かえ}ります。
中	帶走。

日	計算_{けいさん}が間違_{まちが}っています。
中	算錯了。

日	おつりが足^たりません。
中	找零少找了。

日	これは火^ひが通^{とお}っていません。
中	沒熟。

日	スープがしょっぱ過^すぎます。
中	湯太鹹了。

日	これは注文^{ちゅうもん}していません。
中	我沒點這個。

日	頼^{たの}んだものがまだ来^きません。
中	我們點的東西還沒來。

日	値段^{ねだん}が高^{たか}すぎます。
中	太貴了。

國家圖書館出版品預行編目資料

日語單字速讀：食／日語
編輯小組編著. --初版. --
臺北市：書泉, 2012.05
　面；　公分
ISBN 978-986-121-749-9
（平裝）
1.日語　2.詞彙
803.12　　　　　101004933

3AJ1

日語單字速讀～食

主　　　編	―	日語編輯小姐
發 行 人	―	楊榮川
總 編 輯	―	王翠華
封面編輯	―	吳佳臻
出 版 者	―	書泉出版社
地　　　址	：	106臺北市大安區和平 東路二段339號4樓
電　　　話	：	(02)2705-5066
傳　　　真	：	(02)2706-6100
網　　　址	：	http://www.wunan.com.tw
電子郵件	：	shuchuan@shuchuan. com.tw
劃撥帳號	：	01303853
戶　　　名	：	書泉出版社
總 經 銷	：	聯寶國際文化事業有限公司
電　　　話	：	(02)2695-4083
地　　　址	：	新北市汐止區康寧街169 巷27號8樓
法律顧問		元貞聯合法律事務所 張澤平律師
出版日期		2012年5月初版一刷
定　　　價	：	新臺幣110元